Tucholsky   Wagner   Zola

Turgenev   Wallace

         Twain   Walther von der Vogelweide

               Weber   Freiligrath   Frey

Fechner   Weiße Rose   von Fallersleben   Kant   Ernst   Frommel
        Fichte   Richthofen

         Engels   Fielding   Hölderlin
Fehrs   Faber   Flaubert   Eichendorff   Tacitus   Dumas

         Maximilian I. von Habsburg   Eliasberg   Ebner Eschenbach
Feuerbach   Fock   Eliot   Zweig
                   Ewald   Vergil

      Goethe   Elisabeth von Österreich   London

Mendelssohn   Balzac   Shakespeare   Dostojewski   Ganghofer

       Trackl   Lichtenberg   Rathenau   Doyle   Gjellerup
            Stevenson   Hambruch
Mommsen   Tolstoi   Lenz   Droste-Hülshoff
        Thoma   Hanrieder

Dach   von Arnim   Hägele   Hauff   Humboldt
        Reuter   Verne   Hagen
   Karrillon   Garschin   Rousseau   Hauptmann   Gautier

      Damaschke   Defoe   Hebbel   Baudelaire
                    Descartes   Hegel   Kussmaul   Herder

Wolfram von Eschenbach   Dickens   Schopenhauer   Rilke   George
         Darwin   Grimm   Jerome
   Bronner   Melville   Bebel   Proust
       Campe   Horváth   Aristoteles

Bismarck   Vigny   Barlach   Voltaire   Federer   Herodot
               Gengenbach   Heine

   Storm   Casanova   Tersteegen   Gilm   Grillparzer   Georgy
         Chamberlain   Lessing   Langbein   Gryphius
Brentano   Lafontaine
   Strachwitz   Claudius   Schiller   Kralik   Iffland   Sokrates
   Katharina II. von Rußland   Bellamy   Schilling
                       Gerstäcker   Raabe   Gibbon   Tschechow

Löns   Hesse   Hoffmann   Gogol   Wilde   Vulpius
Luther   Heym   Hofmannsthal   Klee   Hölty   Morgenstern   Gleim
    Roth   Heyse   Klopstock   Kleist   Goedicke
Luxemburg   Puschkin   Homer   Mörike
       La Roche   Horaz   Musil
   Machiavelli   Kierkegaard   Kraft   Kraus
Navarra   Aurel   Musset   Moltke
   Nestroy   Marie de France   Lamprecht   Kind   Kirchhoff   Hugo

   Nietzsche   Nansen   Laotse   Ipsen   Liebknecht
          Marx   Lassalle   Gorki   Ringelnatz
   von Ossietzky   Klett   Leibniz
         May   vom Stein   Lawrence   Irving
Petalozzi   Knigge
    Platon   Pückler   Michelangelo   Kafka
   Sachs   Poe   Liebermann   Kock
      de Sade   Praetorius   Mistral   Zetkin

Der Verlag tradition aus Hamburg veröffentlicht in der Reihe **TREDITION CLASSICS** Werke aus mehr als zwei Jahrtausenden. Diese waren zu einem Großteil vergriffen oder nur noch antiquarisch erhältlich.

Symbolfigur für **TREDITION CLASSICS** ist Johannes Gutenberg (1400 — 1468), der Erfinder des Buchdrucks mit Metalllettern und der Druckerpresse.

Mit der Buchreihe **TREDITION CLASSICS** verfolgt tradition das Ziel, tausende Klassiker der Weltliteratur verschiedener Sprachen wieder als gedruckte Bücher aufzulegen – und das weltweit!

Die Buchreihe dient zur Bewahrung der Literatur und Förderung der Kultur. Sie trägt so dazu bei, dass viele tausend Werke nicht in Vergessenheit geraten.

Die Juden

Gotthold Ephraim Lessing

Impressum

Autor: Gotthold Ephraim Lessing
Umschlagkonzept: toepferschumann, Berlin

Verlag: tradition GmbH, Hamburg
ISBN: 978-3-8472-9351-4
Printed in Germany

Ziel der TREDITION CLASSICS ist es, tausende deutsch- und
fremdsprachige Klassiker wieder in Buchform verfügbar zu
machen. Die Werke wurden eingescannt und digitalisiert. Dadurch
können etwaige Fehler nicht komplett ausgeschlossen werden.
Unsere Kooperationspartner und wir von tredition versuchen, die
Werke bestmöglich zu bearbeiten. Sollten Sie trotzdem einen Fehler
finden, bitten wir diesen zu entschuldigen. Die Rechtschreibung der
Originalausgabe wurde unverändert übernommen. Daher können
sich hinsichtlich der Schreibweise Widersprüche zu der heutigen
Rechtschreibung ergeben.

Gotthold Ephraim Lessing

Die Juden

Ein Lustspiel in einem Aufzuge

Personen.

Michel Stich.

Martin Krumm.

Ein Reisender.

Christoph, dessen Bedienter.

Der Baron.

Ein junges Fräulein, dessen Tochter.

Lisette.

Erster Auftritt

Michel Stich. Martin Krumm.

MARTIN KRUMM. Du dummer Michel Stich!

MICHEL STICH. Du dummer Martin Krumm!

MARTIN KRUMM. Wir wollens nur gestehen, wir sind beide erz-dumm gewesen. Es wäre ja auf einen nicht angekommen, den wir mehr tot geschlagen hätten!

MICHEL STICH. Wie hätten wir es aber klüger können anfangen? Waren wir nicht gut vermummt? war nicht der Kutscher auf unsrer Seite? konnten wir was dafür, daß uns das Glück so einen Quer-strich machte? Habe ich doch viel hundertmal gesagt: das ver-dammte Glücke! ohne das kann man nicht einmal ein guter Spitz-bube sein.

MARTIN KRUMM. Je nu, wenn ichs beim Lichte besehe, so sind wir kaum dadurch auf ein Paar Tage länger dem Stricke entgangen.

MICHEL STICH. Ah, es hat sich was mit dem Stricke! Wenn alle Diebe gehangen würden, die Galgen müßten dichter stehn. Man sieht ja kaum aller zwei Meilen einen; und wo auch einer steht, steht er meist leer. Ich glaube, die Herren Richter werden, aus Höflich-keit, die Dinger gar eingehen lassen. Zu was sind sie auch nütze? Zu nichts, als aufs höchste, daß unser einer, wenn er vorbei geht, die Augen zublinzt.

MARTIN KRUMM. O! das tu ich nicht einmal. Mein Vater und mein Großvater sind daran gestorben, was will ichs besser verlan-gen? Ich schäme mich meiner Eltern nicht.

MICHEL STICH. Aber die ehrlichen Leute werden sich deiner schämen. Du hast noch lange nicht so viel getan, daß man dich für ihren rechten und echten Sohn halten kann.

MARTIN KRUMM. O! denkst du denn, daß es deswegen unserm Herrn soll geschenkt sein? Und an dem verzweifelten Fremden, der uns so einen fetten Bissen aus dem Munde gerissen hat, will ich mich gewiß auch rächen. Seine Uhr soll er so richtig müssen da lassen – – Ha! sieh, da kömmt er gleich. Hurtig geh fort! ich will mein Meisterstück machen.

MICHEL STICH. Aber halbpart! halbpart!

Zweiter Auftritt

Martin Krumm. Der Reisende.

MARTIN KRUMM. Ich will mich dumm stellen. – Ganz dienstwilliger Diener, mein Herr, – – ich werde Martin Krumm heißen, und werde, auf diesem Gute hier, wohlbestallter Vogt sein.

DER REISENDE. Das glaube ich Euch, mein Freund. Aber habt Ihr nicht meinen Bedienten gesehen?

MARTIN KRUMM. Ihnen zu dienen, nein; aber ich habe wohl von Dero preiswürdigen Person sehr viel Gutes zu hören, die Ehre gehabt. Und es erfreut mich also, daß ich die Ehre habe, die Ehre Ihrer Bekanntschaft zu genießen. Man sagt, daß Sie unsern Herrn gestern Abends, auf der Reise, aus einer sehr gefährlichen Gefahr sollen gerissen haben. Wie ich nun nicht anders kann, als mich des Glücks meines Herrn zu erfreuen, so erfreu ich mich – –

DER REISENDE. Ich errate, was Ihr wollt; Ihr wollt Euch bei mir bedanken, daß ich Eurem Herrn beigestanden habe – –

MARTIN KRUMM. Ja, ganz recht; eben das!

DER REISENDE. Ihr seid ein ehrlicher Mann –

MARTIN KRUMM. Das bin ich! Und mit der Ehrlichkeit kömmt man immer auch am weitesten.

DER REISENDE. Es ist mir kein geringes Vergnügen, daß ich mir, durch eine so kleine Gefälligkeit, so viel rechtschaffne Leute verbindlich gemacht habe. Ihre Erkenntlichkeit ist eine überflüssige Belohnung dessen, was ich getan habe. Die allgemeine Menschenliebe verband mich darzu. Es war meine Schuldigkeit; und ich müßte zufrieden sein, wenn man es auch für nichts anders, als dafür, angesehen hätte. Ihr seid allzugütig, ihr lieben Leute, daß ihr euch dafür bei mir bedanket, was ihr mir, ohne Zweifel, mit eben so vielem Eifer würdet erwiesen haben, wenn ich mich in ähnlicher Gefahr befunden hätte. Kann ich Euch sonst worin dienen, mein Freund?

MARTIN KRUMM. O! mit dem Dienen, mein Herr, will ich Sie nicht beschweren. Ich habe meinen Knecht, der mich bedienen muß, wanns nötig ist. Aber – – wissen macht ich wohl gern, wie es doch dabei zugegangen wäre? Wo wars denn? Warens viel Spitzbuben? Wollten sie unsern guten Herrn gar ums Leben bringen, oder wollten sie ihm nur sein Geld abnehmen? Es wäre doch wohl eins besser gewesen, als das andre.

DER REISENDE. Ich will Euch mit wenigem den ganzen Verlauf erzählen. Es mag ohngefähr eine Stunde von hier sein, wo die Räuber Euren Herrn, in einem hohlen Wege, angefallen hatten. Ich reisete eben diesen Weg, und sein ängstliches Schreien um Hülfe bewog mich, daß ich nebst meinem Bedienten eilends herzu ritt.

MARTIN KRUMM. Ei! ei!

DER REISENDE. Ich fand ihn in einem offnen Wagen – –

MARTIN KRUMM. Ei! ei!

DER REISENDE. Zwei vermummte Kerle – –

MARTIN KRUMM. Vermummte? ei! ei!

DER REISENDE. Ja! machten sich schon über ihn her.

MARTIN KRUMM. Ei! ei!

DER REISENDE. Ob sie ihn umbringen, oder ob sie ihn nur binden wollten, ihn alsdann desto sichrer zu plündern, weiß ich nicht.

MARTIN KRUMM. Ei! ei! Ach freilich werden sie ihn wohl haben umbringen wollen: die gottlosen Leute!

DER REISENDE. Das will ich eben nicht behaupten, aus Furcht, ihnen zuviel zu tun.

MARTIN KRUMM. Ja, ja, glauben Sie mir nur, sie haben ihn umbringen wollen. Ich weiß, ich weiß ganz gewiß – –

DER REISENDE. Woher könnt Ihr das wissen? Doch es sei. So bald mich die Räuber ansichtig wurden, verließen sie ihre Beute, und liefen über Macht dem nahen Gebüsche zu. Ich lösete das Pistol auf einen. Doch es war schon zu dunkel, und er schon zu weit entfernt, daß ich also zweifeln muß, ob ich ihn getroffen habe.

MARTIN KRUMM. Nein, getroffen haben Sie ihn nicht; – –

DER REISENDE. Wißt Ihr es?

MARTIN KRUMM. Ich meine nur so, weils doch schon finster gewesen ist: und im Finstern soll man, hör ich, nicht gut zielen können.

DER REISENDE. Ich kann Euch nicht beschreiben, wie erkenntlich sich Euer Herr gegen mich bezeugte. Er nannte mich hundertmal seinen Erretter, und nötigte mich, mit ihm auf sein Gut zurück zu kehren. Ich wollte wünschen, daß es meine Umstände zuließen, länger um diesen angenehmen Mann zu sein; so aber muß ich mich noch heute wieder auf den Weg machen – Und eben deswegen suche ich meinen Bedienten.

MARTIN KRUMM. O! lassen Sie sich doch die Zeit bei mir nicht so lang werden. Verziehen Sie noch ein wenig – Ja! was wollte ich denn noch fragen? Die Räuber, – sagen Sie mir doch – wie sahen sie denn aus? wie gingen sie denn? Sie hatten sich verkleidet; aber wie?

DER REISENDE. Euer Herr will durchaus behaupten, es wären Juden gewesen. Bärte hatten sie, das ist wahr; aber ihre Sprache war die ordentliche hiesige Baurensprache. Wenn sie vermummt waren, wie ich gewiß glaube, so ist ihnen die Dämmerung sehr wohl zu statten gekommen. Denn ich begreife nicht, wie Juden die Straßen sollten können unsicher machen, da doch in diesem Lande so wenige geduldet werden.

MARTIN KRUMM. Ja, ja, das glaub ich ganz gewiß auch, daß es Juden gewesen sind. Sie mögen das gottlose Gesindel noch nicht so kennen. So viel als ihrer sind, keinen ausgenommen, sind Betrieger, Diebe und Straßenräuber. Darum ist es auch ein Volk, das der liebe Gott verflucht hat. Ich dürfte nicht König sein: ich ließ keinen, keinen einzigen am Leben. Ach! Gott behüte alle rechtschaffne Christen vor diesen Leuten! Wenn sie der liebe Gott nicht selber haßte, weswegen wären denn nur vor kurzem, bei dem Unglücke in Breslau, ihrer bald noch einmal so viel als Christen geblieben? Unser Herr Pfarr erinnerte das sehr weislich, in der letzten Predigt. Es ist, als wenn sie zugehört hätten, daß sie sich gleich deswegen an unserm guten Herrn haben rächen wollen. Ach! mein lieber Herr, wenn Sie wollen Glück und Segen in der Welt haben, so hüten Sie sich vor den Juden, ärger, als vor der Pest.

DER REISENDE. Wollte Gott, daß das nur die Sprache des Pöbels wäre!

MARTIN KRUMM. Mein Herr, zum Exempel: ich bin einmal auf der Messe gewesen – ja! wenn ich an die Messe gedenke, so möchte ich gleich die verdammten Juden alle auf einmal mit Gift vergeben, wenn ich nur könnte. Dem einen hatten sie im Gedränge das Schnupftuch, dem andern die Tobaksdose, dem dritten die Uhr, und ich weiß nicht was sonst mehr, wegstipitzt. Geschwind sind sie, ochsenmäßig geschwind, wenn es aufs Stehlen ankömmt. So behende, als unser Schulmeister nimmermehr auf der Orgel ist. Zum Exempel, mein Herr: erstlich drängen sie sich an einen heran, so wie ich mich ungefähr jetzt an Sie – –

DER REISENDE. Nur ein wenig höflicher, mein Freund! – –

MARTIN KRUMM. O! lassen Sie sichs doch nur weisen. Wenn sie nun so stehen, – – sehen Sie – – wie der Blitz sind sie mit der Hand nach der Uhrtasche. *Er fährt mit der Hand, anstatt nach der Uhr, in die Rocktasche, und nimmt ihm seine Tobaksdose heraus.* Das können sie nun aber alles so geschickt machen, daß man schwören sollte, sie führen mit der Hand dahin, wenn sie dorthin fahren. Wenn sie von der Tobaksdose reden, so zielen sie gewiß nach der Uhr, und wenn sie von der Uhr reden, so haben sie gewiß die Tobaksdose zu stehlen im Sinne. *Er will ganz sauber nach der Uhr greifen, wird aber ertappt.*

DER REISENDE. Sachte! sachte! was hat Eure Hand hier zu suchen?

MARTIN KRUMM. Da können sie sehn, mein Herr, was ich für ein ungeschickter Spitzbube sein würde. Wenn ein Jude schon so einen Griff getan hätte, so wäre es gewiß um die gute Uhr geschehn gewesen – – Doch weil ich sehe, daß ich Ihnen beschwerlich falle, so nehme ich mir die Freiheit mich Ihnen bestens zu empfehlen, und verbleibe Zeitlebens für Dero erwiesene Wohltaten, meines hochzuehrenden Herrn gehorsamster Diener, Martin Krumm, wohlbestallter Vogt auf diesem hochadelichen Rittergute.

DER REISENDE. Geht nur, geht!

MARTIN KRUMM. Erinnern Sie sich ja, was ich Ihnen von den Juden gesagt habe. Es ist lauter gottloses diebisches Volk.

Dritter Auftritt

DER REISENDE. Vielleicht ist dieser Kerl, so dumm er ist, oder sich stellt, ein boshafterer Schelm, als je einer unter den Juden gewesen ist. Wenn ein Jude betriegt, so hat ihn, unter neunmalen, der Christ vielleicht siebenmal dazu genötiget. Ich zweifle, ob viel Christen sich rühmen können, mit einem Juden aufrichtig verfahren zu sein: und sie wundern sich, wenn er ihnen Gleiches mit Gleichem zu vergelten sucht? Sollen Treu und Redlichkeit unter zwei Völkerschaften herrschen, so müssen beide gleich viel dazu beitragen. Wie aber, wenn es bei der einen ein Religionspunkt, und beinahe ein verdienstliches Werk wäre, die andre zu verfolgen? Doch –

Vierter Auftritt

Der Reisende. Christoph.

DER REISENDE. Daß man Euch doch allezeit eine Stunde suchen muß, wenn man Euch haben will.

CHRISTOPH. Sie scherzen, mein Herr. Nicht wahr, ich kann nicht mehr, als an einem Orte zugleich sein? Ist es also meine Schuld, daß Sie sich nicht an diesen Ort begeben? Gewiß Sie finden mich allezeit da, wo ich bin.

DER REISENDE. So? und Ihr taumelt gar? Nun begreif ich, warum Ihr so sinnreich seid. Müßt Ihr Euch denn schon frühmorgens besaufen?

CHRISTOPH. Sie reden von Besaufen, und ich habe kaum zu trinken angefangen. Ein Paar Flaschen guten Landwein, ein Paar Gläser Brandwein, und eine Mundsemmel ausgenommen, habe ich, so wahr ich ein ehrlicher Mann bin, nicht das geringste zu mir genommen. Ich bin noch ganz nüchtern.

DER REISENDE. O! das sieht man Euch an. Und ich rate Euch, als ein Freund, die Portion zu verdoppeln.

CHRISTOPH. Vortrefflicher Rat! Ich werde nicht unterlassen, ihn, nach meiner Schuldigkeit, als einen Befehl anzusehen. Ich gehe, und Sie sollen sehen, wie gehorsam ich zu sein weiß.

DER REISENDE. Seid klug! Ihr könnt dafür gehn, und die Pferde satteln und aufpacken. Ich will noch diesen Vormittag fort.

CHRISTOPH. Wenn Sie mir im Scherze geraten haben, ein doppeltes Frühstück zu nehmen, wie kann ich mir einbilden, daß Sie jetzt im Ernste reden? Sie scheinen sich heute mit mir erlustigen zu wollen. Macht Sie etwa das junge Fräulein so aufgeräumt? O! es ist ein allerliebstes Kind. – Nur noch ein wenig älter, ein klein wenig älter sollte sie sein. Nicht wahr, mein Herr? wenn das Frauenzimmer nicht zu einer gewissen Reife gelangt ist, – –

DER REISENDE. Geht, und tut, was ich Euch befohlen habe.

CHRISTOPH. Sie werden ernsthaft. Nichts destoweniger werde ich warten, bis Sie mir es das drittemal befehlen. Der Punkt ist zu wichtig! Sie könnten sich übereilt haben. Und ich bin allezeit gewohnt gewesen, meinen Herren Bedenkzeit zu gönnen. Überlegen Sie es wohl, einen Ort, wo wir fast auf den Händen getragen werden, so zeitig wieder zu verlassen? Gestern sind wir erst gekommen. Wir haben uns um den Herrn unendlich verdient gemacht, und gleichwohl bei ihm kaum eine Abendmahlzeit und ein Frühstück genossen.

DER REISENDE. Eure Grobheit ist unerträglich. Wenn man sich zu dienen entschließt, sollte man sich gewöhnen, weniger Umstände zu machen.

CHRISTOPH. Gut, mein Herr! Sie fangen an zu moralisieren, das ist: Sie werden zornig. Mäßigen Sie sich; ich gehe schon – –

DER REISENDE. Ihr müßt wenig Überlegungen zu machen gewohnt sein. Das, was wir diesem Herrn erwiesen haben, verlieret den Namen einer Wohltat, so bald wir die geringste Erkenntlichkeit dafür zu erwarten scheinen. Ich hätte mich nicht einmal sollen mit hieher nötigen lassen. Das Vergnügen, einem Unbekannten ohne Absicht beigestanden zu haben, ist schon vor sich so groß! Und er selbst würde uns mehr Segen nachgewünscht haben, als er uns jetzt übertriebene Danksagung hält. Wen man in die Verbindlichkeit setzt, sich weitläufig, und mit dabei verknüpften Kosten zu bedanken, der erweiset uns einen Gegendienst, der ihm vielleicht saurer wird, als uns unsere Wohltat geworden. Die meisten Menschen sind zu verderbt, als daß ihnen die Anwesenheit eines Wohltäters nicht höchst beschwerlich sein sollte. Sie scheint ihren Stolz zu erniedrigen; – –

CHRISTOPH. Ihre Philosophie, mein Herr, bringt Sie um den Atem. Gut! Sie sollen sehen, daß ich eben so großmütig bin, als Sie. Ich gehe; in einer Viertelstunde sollen Sie sich aufsetzen können.

Fünfter Auftritt

Der Reisende. Das Fräulein.

DER REISENDE. So wenig ich mich mit diesem Menschen gemein gemacht habe, so gemein macht er sich mit mir.

DAS FRÄULEIN. Warum verlassen Sie uns, mein Herr? Warum sind Sie hier so allein? Ist Ihnen unser Umgang schon die wenigen Stunden, die Sie bei uns sind, zuwider geworden? Es sollte mir leid tun. Ich suche aller Welt zu gefallen; und Ihnen möchte ich, vor allen andern, nicht gern mißfallen.

DER REISENDE. Verzeihen Sie mir, Fräulein. Ich habe nur meinem Bedienten befehlen wollen, alles zur Abreise fertig zu halten.

DAS FRÄULEIN. Wovon reden Sie? von Ihrer Abreise? Wenn war denn Ihre Ankunft? Es sei noch, wenn Sie über Jahr und Tag eine melancholische Stunde auf diesen Einfall brächte. Aber wie, nicht einmal einen völligen Tag aushalten wollen? das ist zu arg. Ich sage es Ihnen, ich werde böse, wenn Sie noch einmal daran gedenken.

DER REISENDE. Sie könnten mir nichts Empfindlichers drohen.

DAS FRÄULEIN. Nein? im Ernst? ist es wahr, würden Sie empfindlich sein, wenn ich böse auf Sie würde?

DER REISENDE. Wem sollte der Zorn eines liebenswürdigen Frauenzimmers gleichgültig sein können?

DAS FRÄULEIN. Was Sie sagen, klingt zwar beinahe, als wenn Sie spotten wollten: doch ich will es für Ernst aufnehmen; gesetzt, ich irrte mich auch. Also, mein Herr, – – ich bin ein wenig liebenswürdig, wie man mir gesagt hat, – und ich sage Ihnen noch einmal, ich werde entsetzlich, entsetzlich zornig werden, wenn Sie, binnen hier und dem neuen Jahr, wieder an Ihre Abreise gedenken.

DER REISENDE. Der Termin ist sehr liebreich bestimmt. Alsdann wollten Sie mir, mitten im Winter, die Türe weisen; und bei dem unbequemsten Wetter – –

DAS FRÄULEIN. Ei! wer sagt das? Ich sage nur, daß Sie alsdann, des Wohlstands halber, etwa einmal an die Abreise denken können. Wir werden Sie deswegen nicht fort lassen; wir wollen Sie schon bitten – –

DER REISENDE. Vielleicht auch des Wohlstands halber?

DAS FRÄULEIN. Ei! seht, man sollte nicht glauben, daß ein so ehrliches Gesicht auch spotten könnte. – – Ah! da kömmt der Papa. Ich muß fort! Sagen Sie ja nicht, daß ich bei Ihnen gewesen bin. Er wirft mir so oft genug vor, daß ich gern um Mannspersonen wäre.

Sechster Auftritt

Der Baron. Der Reisende.

DER BARON. War nicht meine Tochter bei Ihnen? Warum läuft denn das wilde Ding?

DER REISENDE. Das Glück ist unschätzbar, eine so angenehme und muntre Tochter zu haben. Sie bezaubert durch ihre Reden, in welchen die liebenswürdigste Unschuld, der ungekünsteltste Witz herrschet.

DER BARON. Sie urteilen zu gütig von ihr. Sie ist wenig unter ihres gleichen gewesen, und besitzt die Kunst zu gefallen, die man schwerlich auf dem Lande erlernen kann, und die doch oft mehr, als die Schönheit selbst vermag, in einem sehr geringen Grade. Es ist alles bei ihr noch die sich selbst gelaßne Natur.

DER REISENDE. Und diese ist desto einnehmender, je weniger man sie in den Städten antrifft. Alles ist da verstellt, gezwungen und erlernt. Ja, man ist schon so weit darin gekommen, daß man Dummheit, Grobheit und Natur für gleichviel bedeutende Wörter hält.

DER BARON. Was könnte mir angenehmer sein, als daß ich sehe, wie unsre Gedanken und Urteile so sehr übereinstimmen? O! daß ich nicht längst einen Freund Ihres gleichen gehabt habe!

DER REISENDE. Sie werden ungerecht gegen Ihre übrigen Freunde.

DER BARON. Gegen meine übrigen Freunde, sagen Sie? Ich bin fünfzig Jahr alt; – – Bekannte habe ich gehabt, aber noch keinen Freund. Und niemals ist mir die Freundschaft so reizend vorgekommen, als seit den wenigen Stunden, da ich nach der Ihrigen strebe. Wodurch kann ich sie verdienen?

DER REISENDE. Meine Freundschaft bedeutet so wenig, daß das bloße Verlangen darnach ein genugsames Verdienst ist, sie zu erhalten. Ihre Bitte ist weit mehr wert, als das, was Sie bitten.

DER BARON. O, mein Herr, die Freundschaft eines Wohltäters – –

DER REISENDE. Erlauben Sie, – – ist keine Freundschaft. Wenn Sie mich unter dieser falschen Gestalt betrachten, so kann ich Ihr

Freund nicht sein. Gesetzt einen Augenblick, ich wäre Ihr Wohltäter: würde ich nicht zu befürchten haben, daß Ihre Freundschaft nichts, als eine wirksame Dankbarkeit wäre?

DER BARON. Sollte sich beides nicht verbinden lassen?

DER REISENDE. Sehr schwer! Diese hält ein edles Gemüt für seine Pflicht; jene erfodert lauter willkürliche Bewegungen der Seele.

DER BARON. Aber wie sollte ich - - Ihr allzuzärtlicher Geschmack macht mich ganz verwirrt. - -

DER REISENDE. Schätzen Sie mich nur nicht höher, als ich es verdiene. Aufs höchste bin ich ein Mensch, der seine Schuldigkeit mit Vergnügen getan hat. Die Schuldigkeit an sich selbst ist keiner Dankbarkeit wert. Daß ich sie aber mit Vergnügen getan habe, dafür bin ich genugsam durch Ihre Freundschaft belohnt.

DER BARON. Diese Großmut verwirrt mich nur noch mehr. - - Aber ich bin vielleicht zu verwegen. - - Ich habe mich noch nicht unterstehen wollen, nach Ihrem Namen, nach Ihrem Stande zu fragen. - Vielleicht biete ich meine Freundschaft einem an, der - - der sie zu verachten -

DER REISENDE. Verzeihen Sie, mein Herr! - Sie - Sie machen sich - - Sie haben allzugroße Gedanken von mir.

DER BARON *bei Seite*. Soll ich ihn wohl fragen? Er kann meine Neugierde übel nehmen.

DER REISENDE *bei Seite*. Wenn er mich fragt, was werde ich ihm antworten?

DER BARON *bei Seite*. Frage ich ihn nicht; so kann er es als eine Grobheit auslegen.

DER REISENDE *bei Seite*. Soll ich ihm die Wahrheit sagen?

DER BARON *bei Seite*. Doch ich will den sichersten Weg gehen. Ich will erst seinen Bedienten ausfragen lassen.

DER REISENDE *bei Seite*. Könnte ich doch dieser Verwirrung überhoben sein! - -

DER BARON. Warum so nachdenkend?

DER REISENDE. Ich war gleich bereit, diese Frage an Sie zu tun, mein Herr – –

DER BARON. Ich weiß es, man vergißt sich dann und wann. Lassen Sie uns von etwas andern reden – – Sehen Sie, daß es wirkliche Juden gewesen sind, die mich angefallen haben? Nur jetzt hat mir mein Schulze gesagt, daß er vor einigen Tagen ihrer drei auf der Landstraße angetroffen. Wie er sie mir beschreibt, haben sie Spitzbuben ähnlicher, als ehrlichen Leuten, gesehen. Und warum sollte ich auch daran zweifeln? Ein Volk, das auf den Gewinst so erpicht ist, fragt wenig darnach, ob es ihn mit Recht oder Unrecht, mit List oder Gewaltsamkeit erhält – – Es scheinet auch zur Handelschaft, oder deutsch zu reden, zur Betrügerei gemacht zu sein. Höflich, frei, unternehmend, verschwiegen, sind Eigenschaften die es schätzbar machen würden, wenn es sie nicht allzusehr zu unserm Unglück anwendete. – *Er hält etwas inne.* – – Die Juden haben mir sonst schon nicht wenig Schaden und Verdruß gemacht. Als ich noch in Kriegsdiensten war, ließ ich mich bereden, einen Wechsel für einen meiner Bekannten mit zu unterschreiben; und der Jude, an den er ausgestellet war, brachte mich nicht allein dahin, daß ich ihn bezahlen, sondern, daß ich ihn so gar zweimal bezahlen mußte – – O! es sind die allerboshaftesten, niederträchtigsten Leute – Was sagen Sie dazu? Sie scheinen ganz niedergeschlagen.

DER REISENDE. Was soll ich sagen? Ich muß sagen, daß ich diese Klage sehr oft gehört habe – –

DER BARON. Und ist es nicht wahr, ihre Gesichtsbildung hat gleich etwas, das uns wider sie einnimmt? Das Tückische, das Ungewissenhafte, das Eigennützige, Betrug und Meineid, sollte man sehr deutlich aus ihren Augen zu lesen glauben – Aber, warum kehren Sie sich von mir?

DER REISENDE. Wie ich höre, mein Herr, so sind Sie ein großer Kenner der Physiognomie; und ich besorge, daß die meinige – –

DER BARON. O! Sie kränken mich. Wie können Sie auf dergleichen Verdacht kommen? Ohne ein Kenner der Physiognomie zu sein, muß ich Ihnen sagen, daß ich nie eine so aufrichtige, großmütige und gefällige Miene gefunden habe, als die Ihrige.

DER REISENDE. Ihnen die Wahrheit zu gestehn: ich bin kein Freund allgemeiner Urteile über ganze Völker − − Sie werden meine Freiheit nicht übel nehmen. − Ich sollte glauben, daß es unter allen Nationen gute und böse Seelen geben könne. Und unter den Juden − −

Siebenter Auftritt

Das Fräulein. Der Reisende. Der Baron.

DAS FRÄULEIN. Ach! Papa – –

DER BARON. Nu, nu! fein wild, fein wild! Vorhin liefst du vor mir: was sollte das bedeuten? – –

DAS FRÄULEIN. Vor Ihnen bin ich nicht gelaufen, Papa; sondern nur vor Ihrem Verweise.

DER BARON. Der Unterscheid ist sehr subtil. Aber was war es denn, das meinen Verweis verdiente?

DAS FRÄULEIN. O! Sie werden es schon wissen. Sie sahen es ja! Ich war bei dem Herrn –

DER BARON. Nun? und –

DAS FRÄULEIN. Und der Herr ist eine Mannsperson, und mit den Mannspersonen, haben Sie befohlen, mir nicht allzuviel zu tun zu machen. –

DER BARON. Daß dieser Herr eine Ausnahme sei, hättest du wohl merken sollen. Ich wollte wünschen, daß er dich leiden könnte – – Ich werde es mit Vergnügen sehen, wenn du auch beständig um ihn bist.

DAS FRÄULEIN. Ach! – es wird wohl das erste und letztemal gewesen sein. Sein Diener packt schon auf – – Und das wollte ich Ihnen eben sagen.

DER BARON. Was? wer? sein Diener?

DER REISENDE. Ja, mein Herr, ich hab es ihm befohlen. Meine Verrichtungen und die Besorgnis, Ihnen beschwerlich zu fallen – –

DER BARON. Was soll ich ewig davon denken? Soll ich das Glück nicht haben, Ihnen näher zu zeigen, daß Sie sich ein erkenntliches Herz verbindlich gemacht haben? O! ich bitte Sie, fügen Sie zu Ihrer Wohltat noch die andre hinzu, die mir eben so schätzbar, als die Erhaltung meines Lebens sein wird; bleiben Sie einige Zeit – wenigstens einige Tage bei mir; ich würde mir es ewig vorzuwerfen haben, daß ich einen Mann, wie Sie, ungekannt, ungeehrt, unbelohnt, wenn es anders in meinem Vermögen steht, von mir gelassen hätte. Ich habe einige meiner Anverwandten auf heute einladen lassen, mein Vergnügen mit ihnen zu teilen, und ihnen das Glück zu verschaffen, meinen Schutzengel kennen zu lernen.

DER REISENDE. Mein Herr, ich muß notwendig –

DAS FRÄULEIN. Da bleiben, mein Herr, da bleiben! Ich laufe, Ihrem Bedienten zu sagen, daß er wieder abpacken soll. Doch da ist er schon.

Achter Auftritt

Christoph in Stiefeln und Sporen, und zwei Mantelsäcke unter den Armen. Die Vorigen.

CHRISTOPH. Nun! mein Herr, es ist alles fertig. Fort! kürzen Sie Ihre Abschiedsformeln ein wenig ab. Was soll das viele Reden, wenn wir nicht da bleiben können?

DER BARON. Was hindert Euch denn, hier zu bleiben?

CHRISTOPH. Gewisse Betrachtungen, mein Herr Baron, die den Eigensinn meines Herrn zum Grunde, und seine Großmut zum Vorwande haben.

DER REISENDE. Mein Diener ist öfters nicht klug: verzeihen Sie ihm. Ich sehe, daß Ihre Bitten in der Tat mehr als Komplimente sind. Ich ergebe mich; damit ich nicht aus Furcht grob zu sein, eine Grobheit begehen möge.

DER BARON. O! was für Dank bin ich Ihnen schuldig!

DER REISENDE. Ihr könnt nur gehen, und wieder abpacken! Wir wollen erst morgen fort.

DAS FRÄULEIN. Nu! hört Er nicht? Was steht Er denn da? Er soll gehn, und wieder abpacken.

CHRISTOPH. Von Rechts wegen sollte ich böse werden. Es ist mir auch beinahe, als ob mein Zorn erwachen wollte; doch weil nichts Schlimmers daraus erfolgt, als daß wir hier bleiben, und zu essen und zu trinken bekommen, und wohl gepflegt werden, so mag es sein! Sonst laß ich mir nicht gern unnötige Mühe machen: wissen Sie das?

DER REISENDE. Schweigt! Ihr seid zu unverschämt.

CHRISTOPH. Denn ich sage die Wahrheit.

DAS FRÄULEIN. O! das ist vortrefflich, daß Sie bei uns bleiben. Nun bin ich Ihnen noch einmal so gut. Kommen Sie, ich will Ihnen unsern Garten zeigen; er wird Ihnen gefallen.

DER REISENDE. Wenn er Ihnen gefällt, Fräulein, so ist es schon so gut, als gewiß.

DAS FRÄULEIN. Kommen Sie nur; – – unterdessen wird es Essens-
zeit. Papa, Sie erlauben es doch?

DER BARON. Ich werde euch so gar begleiten.

DAS FRÄULEIN. Nein, nein, das wollen wir Ihnen nicht zumuten.
Sie werden zu tun haben.

DER BARON. Ich habe jetzt nichts Wichtigers zu tun, als meinen
Gast zu vergnügen.

DAS FRÄULEIN. Er wird es Ihnen nicht übel nehmen: nicht wahr
mein Herr? *Sachte zu ihm.* Sprechen Sie doch Nein. Ich möchte gern
mit Ihnen allein gehen.

DER REISENDE. Es wird mich gereuen, daß ich mich so leicht habe
bewegen lassen, hier zu bleiben, so bald ich sehe, daß ich Ihnen im
geringsten verhinderlich bin. Ich bitte also – –

DER BARON. O! warum kehren Sie sich an des Kindes Rede?

DAS FRÄULEIN. Kind? – – Papa! – – beschämen Sie mich doch
nicht so! – Der Herr wird denken, wie jung ich bin! – Lassen Sie es
gut sein; ich bin alt genug, mit Ihnen spazieren zu gehen – Kommen
Sie! – – Aber sehen Sie einmal: Ihr Diener steht noch da, und hat die
Mantelsäcke unter den Armen.

CHRISTOPH. Ich dächte, das ginge nur den an, dem es sauer wird?

DER REISENDE. Schweigt! Man erzeigt Euch zu viel Ehre – –

Neunter Auftritt

Lisette. Die Vorigen.

DER BARON *indem er Lisetten kommen sieht.* Mein Herr, ich werde Ihnen gleich nachfolgen, wann es Ihnen gefällig ist, meine Tochter in den Garten zu begleiten.

DAS FRÄULEIN. O! bleiben Sie so lange, als es Ihnen gefällt. Wir wollen uns schon die Zeit vertreiben. Kommen Sie! *Das Fräulein und der Reisende gehen ab.*

DER BARON. Lisette, dir habe ich etwas zu sagen! – –

LISETTE. Nu?

DER BARON *sachte zu ihr.* Ich weiß noch nicht, wer unser Gast ist. Gewisser Ursachen wegen, mag ich ihn auch nicht fragen. Könntest du nicht von seinem Diener – –

LISETTE. Ich weiß, was Sie wollen. Dazu trieb mich meine Neugierigkeit von selbst, und deswegen kam ich hieher. –

DER BARON. Bemühe dich also, – – und gib mir Nachricht davon. Du wirst Dank bei mir verdienen.

LISETTE. Gehen Sie nur.

CHRISTOPH. Sie werden es also nicht übel nehmen, mein Herr, daß wir es uns bei Ihnen gefallen lassen. Aber ich bitte, machen Sie sich meinetwegen keine Ungelegenheit; ich bin mit allem zufrieden, was da ist.

DER BARON. Lisette, ich übergebe ihn deiner Aufsicht. Laß ihn an nichts Mangel leiden. *Geht ab.*

CHRISTOPH. Ich empfehle mich also, Mademoisell, Dero gütigen Aufsicht, die mich an nichts wird Mangel leiden lassen. *Will abgehen.*

Zehnter Auftritt

Lisette. Christoph.

LISETTE *hält ihn auf.* Nein, mein Herr, ich kann es unmöglich über mein Herz bringen, Sie so unhöflich sein zu lassen – Bin ich denn nicht Frauenzimmers genug, um einer kurzen Unterhaltung wert zu sein?

CHRISTOPH. Der Geier! Sie nehmen die Sache genau, Mamsell. Ob Sie Frauenzimmers genug oder zu viel sind, kann ich nicht sagen. Wenn ich zwar aus Ihrem gesprächigen Munde schließen sollte, so dürfte ich beinahe das letzte behaupten. Doch dem sei, wie ihm wolle; jetzt werden Sie mich beurlauben; – – Sie sehen, ich habe Hände und Arme voll. – – Sobald mich hungert oder dürstet, werde ich bei Ihnen sein.

LISETTE. So machts unser S c h i r r m e i s t e r auch.

CHRISTOPH. Der Henker! das muß ein gescheuter Mann sein: er machts wie ich!

LISETTE. Wenn Sie ihn wollen kennen lernen: er liegt vor dem Hinterhause an der Kette.

CHRISTOPH. Verdammt! ich glaube gar, Sie meinen den Hund. Ich merke also wohl, Sie werden den leiblichen Hunger und Durst verstanden haben. Den aber habe ich nicht verstanden; sondern den Hunger und Durst der Liebe. Den, Mamsell, den! Sind Sie nun mit meiner Erklärung zufrieden?

LISETTE. Besser als mit dem Erklärten.

CHRISTOPH. Ei! im Vertrauen; – – Sagen Sie etwa zugleich auch damit so viel, daß Ihnen ein Liebesantrag von mir nicht zuwider sein würde?

LISETTE. Vielleicht! Wollen Sie mir einen tun? im Ernst?

CHRISTOPH. Vielleicht!

LISETTE. Pfui! was das für eine Antwort ist! vielleicht!

CHRISTOPH. Und sie war doch nicht ein Haar anders, als die Ihrige.

LISETTE. In meinem Munde will sie aber ganz etwas anders sagen. Vielleicht, ist eines Frauenzimmers größte Versicherung. Denn so schlecht unser Spiel auch ist, so müssen wir uns doch niemals in die Karte sehen lassen.

CHRISTOPH. Ja, wenn das ist! – Ich dächte, wir kämen also zur Sache. – – *Er schmeißt beide Mantelsäcke auf die Erde.* Ich weiß nicht, warum ich mirs so sauer mache? Da liegt! – – Ich liebe Sie, Mamsell.

LISETTE. Das heiß ich, mit wenigen viel sagen. Wir wollens zergliedern – –

CHRISTOPH. Nein, wir wollens lieber ganz lassen. Doch, – damit wir in Ruhe einander unsre Gedanken eröffnen können; – – belieben Sie sich nieder zu lassen! – – Das Stehn ermüdet mich. – – Ohne Umstände! – *Er nötiget sie auf den Mantelsack zu sitzen.* – – Ich liebe Sie, Mamsell. – –

LISETTE. Aber, – – ich sitze verzweifelt hart. – – Ich glaube gar, es sind Bücher darin – –

CHRISTOPH. Darzu recht zärtliche und witzige; – und gleichwohl sitzen Sie hart darauf? Es ist meines Herrn Reisebibliothek. Sie besteht aus Lustspielen, die zum Weinen, und aus Trauerspielen, die zum Lachen bewegen; aus zärtlichen Heldengedichten; aus tiefsinnigen Trinkliedern, und was dergleichen neue Siebensachen mehr sind. – – Doch wir wollen umwechseln. Setzen Sie sich auf meinen; – ohne Umstände! – – meiner ist der weichste.

LISETTE. Verzeihen Sie! – – So grob werde ich nicht sein – –

CHRISTOPH. Ohne Umstände, – ohne Komplimente! – Wollen Sie nicht? – So werde ich Sie hintragen. – –

LISETTE. Weil Sie es denn befehlen – *Sie steht auf und will sich auf den andern setzen.*

CHRISTOPH. Befehlen? behüte Gott! – Nein! befehlen, will viel sagen. – – Wenn Sie es so nehmen wollen, so bleiben Sie lieber sitzen. – *Er setzt sich wieder auf seinen Mantelsack.*

LISETTE *bei Seite.* Der Grobian! Doch ich muß es gut sein lassen – –

CHRISTOPH. Wo blieben wir denn? – Ja, – bei der Liebe – – Ich liebe Sie also, Mamsell. Je vous aime, würde ich sagen, wenn Sie eine französische Marquisin wären.

LISETTE. Der Geier! Sie sind wohl gar ein Franzose?

CHRISTOPH. Nein, ich muß meine Schande gestehn: ich bin nur ein Deutscher. – Aber ich habe das Glück gehabt, mit verschiedenen Franzosen umgehen zu können, und da habe ich denn so ziemlich gelernt, was zu einem rechtschaffnen Kerl gehört. Ich glaube, man sieht mir es auch gleich an.

LISETTE. Sie kommen also vielleicht mit Ihrem Herrn aus Frankreich?

CHRISTOPH. Ach nein! – –

LISETTE. Wo sonst her? freilich wohl! –

CHRISTOPH. Es liegt noch einige Meilen hinter Frankreich, wo wir herkommen.

LISETTE. Aus Italien doch wohl nicht?

CHRISTOPH. Nicht weit davon.

LISETTE. Aus Engeland also?

CHRISTOPH. Beinahe; Engeland ist eine Provinz davon. Wir sind über funfzig Meilen von hier zu Hause – – Aber, daß Gott! – meine Pferde, – die armen Tiere stehen noch gesattelt. Verzeihen Sie, Mamsell! – – Hurtig! stehen Sie auf! – – *Er nimmt die Mantelsäcke wieder untern Arm.* – – Trotz meiner inbrünstigen Liebe, muß ich doch gehn, und erst das Nötige verrichten – – Wir haben noch den ganzen Tag, und, was das meiste ist, noch die ganze Nacht vor uns. Wir wollen schon noch eins werden. – Ich werde Sie wohl wieder zu finden wissen.

Eilfter Auftritt

Martin Krumm. Lisette.

LISETTE. Von dem werde ich wenig erfahren können. Entweder, er ist zu dumm, oder zu fein. Und beides macht unergründlich.

MARTIN KRUMM. So, Jungfer Lisette? Das ist auch der Kerl darnach, daß er mich ausstechen sollte!

LISETTE. Das hat er nicht nötig gehabt.

MARTIN KRUMM. Nicht nötig gehabt? Und ich denke, wer weiß wie fest ich in Ihrem Herzen sitze.

LISETTE. Das macht, Herr Vogt, Er denkts. Leute von Seiner Art haben das Recht, abgeschmackt zu denken. Drum ärgre ich mich auch nicht darüber, daß Ers gedacht hat sondern, daß Er mirs gesagt hat. Ich möchte wissen, was Ihn mein Herz angeht? Mit was für Gefälligkeiten, mit was für Geschenken, hat Er sich denn ein Recht darauf erworben? – Man gibt die Herzen jetzt nicht mehr, so in den Tag hinein, weg. Und glaubt Er etwa, daß ich so verlegen mit dem meinigen bin? Ich werde schon noch einen ehrlichen Mann dazu finden, ehe ichs vor die Säue werfe.

MARTIN KRUMM. Der Teufel, das verschnupft! Ich muß eine Prise Tabak darauf nehmen. – – Vielleicht geht es wieder mit dem Niesen fort. – *Er zieht die entwandte Dose hervor, spielt einige Zeit in den Händen damit, und nimmt endlich, auf eine lächerlich hochmütige Art, eine Prise.*

LISETTE *schielt ihn von der Seite an.* Verzweifelt! wo bekömmt der Kerl die Dose her?

MARTIN KRUMM. Belieben Sie ein Prischen?

LISETTE. O, Ihre untertänige Magd, mein Herr Vogt! *Sie nimmt.*

MARTIN KRUMM. Was eine silberne Dose nicht kann! – – Könnte ein Ohrwürmchen geschmeidiger sein?

LISETTE. Ist es eine silberne Dose?

MARTIN KRUMM. Wanns keine silberne wäre, so würde sie Martin Krumm nicht haben.

LISETTE. Ist es nicht erlaubt, sie zu besehn?

MARTIN KRUMM. Ja, aber nur in meinen Händen.

LISETTE. Die Fasson ist vortrefflich.

MARTIN KRUMM. Ja, sie wiegt ganzer fünf Lot. –

LISETTE. Nur der Fasson wegen, möchte ich so ein Döschen haben.

MARTIN KRUMM. Wenn ich sie zusammen schmelzen lasse, steht Ihnen die Fasson davon zu Dienste.

LISETTE. Sie sind allzugütig! – Es ist ohne Zweifel ein Geschenk?

MARTIN KRUMM. Ja, – – sie kostet mir nicht einen Heller.

LISETTE. Wahrhaftig, so ein Geschenk könnte ein Frauenzimmer recht verblenden! Sie können Ihr Glück damit machen, Herr Vogt. Ich wenigstens würde mich, wenn man mich mit silbernen Dosen anfiele, sehr schlecht verteidigen können. Mit so einer Dose hätte ein Liebhaber gegen mich gewonnen Spiel.

MARTIN KRUMM. Ich verstehs, ich verstehs! –

LISETTE. Da sie Ihnen so nichts kostet, wollte ich Ihnen raten, Herr Vogt, sich eine gute Freundin damit zu machen – –

MARTIN KRUMM. Ich verstehs, ich verstehs! –

LISETTE *schmeichelnd.* Wollten Sie mir sie wohl schenken? – –

MARTIN KRUMM. O um Verzeihung! – – Man gibt die silbernen Dosen jetzt nicht mehr, so in den Tag hinein, weg. Und glaubt Sie denn, Jungfer Lisette, daß ich so verlegen mit der meinigen bin? Ich werde schon noch einen ehrlichen Mann dazu finden, ehe ich sie vor die Säue werfe.

LISETTE. Hat man jemals eine dümmre Grobheit gefunden! – – Ein Herz einer Schnupftabaksdose gleich zu schätzen?

MARTIN KRUMM. Ja, ein steinern Herz einer silbern Schnupftabaksdose – –

LISETTE. Vielleicht würde es aufhören, steinern zu sein, wenn – – Doch alle meine Reden sind vergebens – – Er ist meiner Liebe nicht wert – – Was ich für eine gutherzige Närrin bin! – *Will weinen.* beinahe hätte ich geglaubt, der Vogt wäre noch einer von den ehrlichen Leuten, die es meinen, wie sie es reden –

MARTIN KRUMM. Und was ich für ein gutherziger Narre bin, daß ich glaube, ein Frauenzimmer meine es, wie sie es redt! – Da, mein Lisettchen, weine Sie nicht! – *Er gibt ihr die Dose.* – Aber nun bin ich doch wohl Ihrer Liebe wert? – Zum Anfange verlange ich nichts, als nur ein Küßchen auf Ihre schöne Hand! – – *Er küßt sie.* Ah, wie schmeckt das! –

Zwölfter Auftritt

Das Fräulein. Lisette. Martin Krumm.

DAS FRÄULEIN *sie kömmt dazu geschlichen, und stößt ihn mit dem Kopfe auf die Hand.* Ei! Herr Vogt, – küß Er mir doch meine Hand auch!

LISETTE. Daß doch! – –

MARTIN KRUMM. Ganz gern, gnädiges Fräulein – *Er will ihr die Hand küssen.*

DAS FRÄULEIN *gibt ihm eine Ohrfeige.* Ihr Flegel, versteht Ihr denn keinen Spaß?

MARTIN KRUMM. Den Teufel mag das Spaß sein!

LISETTE. Ha! ha! ha! *Lacht ihn aus.* O ich betaure Ihn, mein lieber Vogt – Ha! ha! ha!

MARTIN KRUMM. So? und Sie lacht noch dazu? Ist das mein Dank? Schon gut, schon gut! *Gehet ab.*

LISETTE. Ha! ha! ha!

Dreizehnter Auftritt

Lisette. Das Fräulein.

DAS FRÄULEIN. Hätte ichs doch nicht geglaubt, wenn ichs nicht selbst gesehen hätte. Du läßt dich küssen? und noch dazu vom Vogt?

LISETTE. Ich weiß auch gar nicht, was Sie für Recht haben, mich zu belauschen? Ich denke, Sie gehen im Garten mit dem Fremden spazieren.

DAS FRÄULEIN. Ja, und ich wäre noch bei ihm, wenn der Papa nicht nachgekommen wäre. Aber so kann ich ja kein kluges Wort mit ihm sprechen. Der Papa ist gar zu ernsthaft – –

LISETTE. Ei, was nennen Sie denn ein kluges Wort? Was haben Sie denn wohl mit ihm zu sprechen, das der Papa nicht hören dürfte?

DAS FRÄULEIN. Tausenderlei! – Aber du machst mich böse, wo du mich noch mehr fragst. Genug, ich bin dem fremden Herrn gut. Das darf ich doch wohl gestehn?

LISETTE. Sie würden wohl greulich mit dem Papa zanken, wenn er Ihnen einmal so einen Bräutigam verschaffte? Und im Ernst, wer weiß, was er tut. Schade nur, daß Sie nicht einige Jahre älter sind: es könnte vielleicht bald zu Stande kommen.

DAS FRÄULEIN. O, wenn es nur am Alter liegt, so kann mich ja der Papa einige Jahr älter machen. Ich werde ihm gewiß nicht widersprechen.

LISETTE. Nein, ich weiß noch einen bessern Rat. Ich will Ihnen einige Jahre von den meinigen geben, so ist uns allen beiden geholfen. Ich bin alsdann nicht zu alt, und Sie nicht zu jung.

DAS FRÄULEIN. Das ist auch wahr; das geht ja an!

LISETTE. Da kömmt des Fremden Bedienter; ich muß mit ihm sprechen. Es ist alles zu Ihrem Besten – Lassen Sie mich mit ihm allein. – Gehen Sie.

DAS FRÄULEIN. Vergiß es aber nicht, wegen der Jahre – – Hörst du, Lisette?

Vierzehnter Auftritt

Lisette. Christoph.

LISETTE. Mein Herr, Sie hungert oder durstet gewiß, daß Sie schon wiederkommen? nicht?

CHRISTOPH. Ja freilich! – – Aber wohl gemerkt, wie ich den Hunger und Durst erklärt habe. Ihr die Wahrheit zu gestehn, meine liebe Jungfer, so hatte ich schon, so bald ich gestern vom Pferde stieg, ein Auge auf Sie geworfen. Doch weil ich nur einige Stunden hier zu bleiben vermeinte, so glaubte ich, es verlohne sich nicht der Mühe, mich mit Ihr bekannt zu machen. Was hätten wir in so kurzer Zeit können ausrichten? Wir hätten unsern Roman von hinten müssen anfangen. Allein es ist auch nicht allzusicher, die Katze bei dem Schwanze aus dem Ofen zu ziehen.

LISETTE. Das ist wahr! nun aber können wir schon ordentlicher verfahren. Sie können mir Ihren Antrag tun; ich kann darauf antworten. Ich kann Ihnen meine Zweifel machen; Sie können mir sie auflösen. Wir können uns bei jedem Schritte, den wir tun, bedenken, und dürfen einander nicht den Affen im Sacke verkaufen. Hätten Sie mir gestern gleich Ihren Liebesantrag getan; es ist wahr, ich würde ihn angenommen haben. Aber überlegen Sie einmal, wie viel ich gewagt hätte, wenn ich mich nicht einmal nach Ihrem Stande, Vermögen, Vaterlande, Bedienungen, und dergleichen mehr, zu erkundigen, Zeit gehabt hätte?

CHRISTOPH. Der Geier! wäre das aber auch so nötig gewesen? So viel Umstände? Sie könnten ja bei dem Heiraten nicht mehrere machen? –

LISETTE. O! wenn es nur auf eine kahle Heirat angesehen wäre, so wär es lächerlich, wenn ich so gewissenhaft sein wollte. Allein mit einem Liebesverständnisse ist es ganz etwas anders! Hier wird die schlechteste Kleinigkeit zu einem wichtigen Punkte. Also glauben Sie nur nicht, daß Sie die geringste Gefälligkeit von mir erhalten werden, wenn Sie meiner Neugierde nicht in allen Stücken ein Gnüge tun.

CHRISTOPH. Nu? wie weit erstreckt sich denn die?

LISETTE. Weil man doch einen Diener am besten nach seinem Herrn beurteilen kann, so verlange ich vor allen Dingen zu wissen – –

CHRISTOPH. Wer mein Herr ist? Ha! ha! das ist lustig. Sie fragen mich etwas, das ich Sie gern selbst fragen möchte, wenn ich glaubte, daß Sie mehr wüßten, als ich.

LISETTE. Und mit dieser abgedroschnen Ausflucht denken Sie durchzukommen? Kurz, ich muß wissen, wer Ihr Herr ist, oder unsre ganze Freundschaft hat ein Ende.

CHRISTOPH. Ich kenne meinen Herrn nicht länger, als seit vier Wochen. So lange ist es, daß er mich in Hamburg in seine Dienste genommen hat. Von da aus habe ich ihn begleitet, niemals mir aber die Mühe genommen, nach seinem Stande oder Namen zu fragen. So viel ist gewiß, reich muß er sein; denn er hat weder mich, noch sich, auf der Reise Not leiden lassen. Um was brauch ich mich mehr zu bekümmern?

LISETTE. Was soll ich mir von Ihrer Liebe versprechen, da Sie meiner Verschwiegenheit nicht einmal eine solche Kleinigkeit anvertrauen wollen? Ich würde nimmermehr gegen Sie so sein. Zum Exempel, hier habe ich eine schöne silberne Schnupftabaksdose – –

CHRISTOPH. Ja? nu? – –

LISETTE. Sie dürften mich ein klein wenig bitten, so sagte ich Ihnen, von wem ich sie bekommen habe – –

CHRISTOPH. O! daran ist mir nun eben so viel nicht gelegen. Lieber möchte ich wissen, wer sie von Ihnen bekommen sollte?

LISETTE. Über den Punkt habe ich eigentlich noch nichts beschlossen. Doch wenn Sie sie nicht sollten bekommen, so haben Sie es niemanden anders, als sich selbst zuzuschreiben. Ich würde Ihre Aufrichtigkeit gewiß nicht unbelohnt lassen.

CHRISTOPH. Oder vielmehr meine Schwatzhaftigkeit! Doch, so wahr ich ein ehrlicher Kerl bin, wann ich dasmal verschwiegen bin, so bin ichs aus Not. Denn ich weiß nichts, was ich ausplaudern könnte. Verdammt! wie gern wollte ich meine Geheimnisse ausschütten, wann ich nur welche hätte.

LISETTE. Adieu! ich will Ihre Tugend nicht länger bestürmen. Nur wünsch ich, daß sie Ihnen bald zu einer silbernen Dose und einer Liebsten verhelfen möge, so wie sie Sie jetzt um beides gebracht hat. *Will gehen.*

CHRISTOPH. Wohin? wohin? Geduld! *Bei Seite.* Ich sehe mich genötigt, zu lügen. Denn so ein Geschenk werde ich mir doch nicht sollen entgehn lassen? Was wirds auch viel schaden?

LISETTE. Nun, wollen Sie es näher geben? Aber, – – ich sehe schon, es wird Ihnen sauer. Nein, nein; ich mag nichts wissen –

CHRISTOPH. Ja, ja, Sie soll alles wissen! – – *Bei Seite.* Wer doch recht viel lügen könnte! – Hören Sie nur! – Mein Herr ist – – ist einer von Adel. Er kömmt, – – wir kommen mit einander aus – – aus – – Holland. Er hat müssen – – gewisser Verdrüßlichkeiten wegen, – – einer Kleinigkeit – – eines Mords wegen – – entfliehen –

LISETTE. Was? eines Mords wegen?

CHRISTOPH. Ja, – – aber eines honetten Mords – – eines Duells wegen entfliehen, – Und jetzt eben – – ist er auf der Flucht – –

LISETTE. Und Sie, mein Freund? – –

CHRISTOPH. Ich, bin auch mit ihm auf der Flucht. Der Entleibte hat uns – – will ich sagen, die Freunde des Entleibten haben uns sehr verfolgen lassen; und dieser Verfolgung wegen – – Nun können Sie leicht das übrige erraten. – – Was Geier, soll man auch tun? Überlegen Sie es selbst; ein junger naseweiser Laffe schimpft uns. Mein Herr stößt ihn übern Haufen. Das kann nicht anders sein! – Schimpft mich jemand, so tu ichs auch, – oder – oder schlage ihn hinter die Ohren. Ein ehrlicher Kerl muß nichts auf sich sitzen lassen.

LISETTE. Das ist brav! solchen Leuten bin ich gut; denn ich bin auch ein wenig unleidlich. Aber sehen Sie einmal, da kömmt Ihr Herr! sollte man es ihm wohl ansehn, daß er so zornig, so grausam wäre?

CHRISTOPH. O kommen Sie! wir wollen ihm aus dem Wege gehn. Er möchte mir es ansehn, daß ich ihn verraten habe.

LISETTE. Ich bins zufrieden – –

CHRISTOPH. Aber die silberne Dose –

LISETTE. Kommen Sie nur. *Bei Seite.* Ich will erst sehen, was mir von meinem Herrn für mein entdecktes Geheimnis werden wird: lohnt sich das der Mühe, so soll er sie haben.

Funfzehnter Auftritt

DER REISENDE. Ich vermisse meine Dose. Es ist eine Kleinigkeit; gleichwohl ist mir der Verlust empfindlich. Sollte mir sie wohl der Vogt? - - Doch ich kann sie verloren haben, - ich kann sie aus Unvorsichtigkeit herausgerissen haben. - - Auch mit seinem Verdachte muß man niemand beleidigen. - Gleichwohl, - er drängte sich an mich heran; - er griff nach der Uhr; - ich ertappte ihn; könnte er auch nicht nach der Dose gegriffen haben, ohne daß ich ihn ertappt hätte?

Sechzehnter Auftritt

Martin Krumm. Der Reisende.

MARTIN KRUMM *als er den Reisenden gewahr wird, will er wieder umkehren.* Hui!

DER REISENDE. Nu, nu, immer näher, mein Freund! – – *Bei Seite.* Ist er doch so schüchtern, als ob er meine Gedanken wüßte! – – Nu? nur näher!

MARTIN KRUMM *trotzig.* Ach! ich habe nicht Zeit! Ich weiß schon, Sie wollen mit mir plaudern. Ich habe wichtigere Sachen zu tun. Ich mag Ihre Heldentaten nicht zehnmal hören. Erzählen Sie sie jemanden, der sie noch nicht weiß.

DER REISENDE. Was höre ich? vorhin war der Vogt einfältig und höflich, jetzt ist er unverschämt und grob. Welches ist denn Eure rechte Larve?

MARTIN KRUMM. Ei! das hat Sie der Geier gelernt, mein Gesicht eine Larve zu schimpfen. Ich mag mit Ihnen nicht zanken, – sonst – – *Er will fort gehen.*

DER REISENDE. Sein unverschämtes Verfahren bestärkt mich in meinem Argwohne. – Nein, nein, Geduld! Ich habe Euch etwas Notwendiges zu fragen –

MARTIN KRUMM. Und ich werde nichts drauf zu antworten haben, es mag so notwendig sein, als es will. Drum sparen Sie nur die Frage.

DER REISENDE. Ich will es wagen – Allein, wie leid würde mir es sein, wann ich ihm Unrecht täte. – – Mein Freund, habt Ihr nicht meine Dose gesehn? – Ich vermisse sie. – –

MARTIN KRUMM. Was ist das für eine Frage? Kann ich etwas dafür, daß man sie Ihnen gestohlen hat? – – Für was sehen Sie mich an? Für den Hehler? Oder für den Dieb?

DER REISENDE. Wer redt denn vom Stehlen? Ihr verratet Euch fast selbst – –

MARTIN KRUMM. Ich verrate mich selbst? Also meinen Sie, daß ich sie habe? Wissen Sie auch, was das zu bedeuten hat, wenn man einen ehrlichen Kerl dergleichen beschuldigt? Wissen Sies?

DER REISENDE. Warum müßt Ihr so schreien? Ich habe Euch noch nichts beschuldigt. Ihr seid Euer eigner Ankläger. Dazu weiß ich eben nicht, ob ich großes Unrecht haben würde? Wen ertappte ich denn vorhin, als er nach meiner Uhr greifen wollte?

MARTIN KRUMM. O! Sie sind ein Mann, der gar keinen Spaß versteht. Hören Sies! – – *Bei Seite.* Wo er sie nur nicht bei Lisetten gesehen hat – Das Mädel wird doch nicht närrisch sein, und sich damit breit machen – –

DER REISENDE. O! ich verstehe den Spaß so wohl, daß ich glaube, Ihr wollt mit meiner Dose auch spaßen. Allein wenn man den Spaß zu weit treibt, verwandelt er sich endlich in Ernst. Es ist mir um Euren guten Namen leid. Gesetzt, ich wäre überzeugt, daß Ihr es nicht böse gemeint hättet, würden auch andre – –

MARTIN KRUMM. Ach, – andre! – andre! – andre wären es längst überdrüssig, sich so etwas vorwerfen zu lassen. Doch, wenn Sie denken, daß ich sie habe: befühlen Sie mich, – – visitieren Sie mich – –

DER REISENDE. Das ist meines Amts nicht. Dazu trägt man auch nicht alles bei sich in der Tasche.

MARTIN KRUMM. Nun gut! damit Sie sehen, daß ich ein ehrlicher Kerl bin, so will ich meine Schubsäcke selber umwenden. – Geben Sie Acht! – *Bei Seite.* Es müßte mit dem Teufel zugehen, wenn sie herausfiele.

DER REISENDE. O macht Euch keine Mühe!

MARTIN KRUMM. Nein, nein: Sie sollens sehn, Sie sollens sehn. *Er wendet die eine Tasche um.* Ist da eine Dose? Brodgrümel sind drinne: das liebe Gut! *Er wendet die andere um.* Da ist auch nichts! Ja, – doch! ein Stückchen Kalender. – Ich hebe es der Verse wegen auf, die über den Monaten stehen. Sie sind recht schnurrig! – Nu, aber daß wir weiter kommen. Geben Sie Acht: da will ich den dritten umwenden. *Bei dem Umwenden fallen zwei große Bärte heraus.* Der Henker! was laß ich da fallen? *Er will sie hurtig aufheben, der Reisende aber ist hurtiger, und erwischt einen davon.*

DER REISENDE. Was soll das vorstellen?

MARTIN KRUMM *bei Seite.* O verdammt! ich denke, ich habe den Quark lange von mir gelegt.

DER REISENDE. Das ist ja gar ein Bart. *Er macht ihn vors Kinn.* Sehe ich bald einem Juden so ähnlich? – –

MARTIN KRUMM. Ach geben Sie her! geben Sie her! Wer weiß, was Sie wieder denken? Ich schrecke meinen kleinen Jungen manchmal damit. Dazu ist er.

DER REISENDE. Ihr werdet so gut sein, und mir ihn lassen. Ich will auch damit schrecken.

MARTIN KRUMM. Ach! vexieren Sie sich nicht mit mir. Ich muß ihn wieder haben. *Er will ihn aus der Hand reißen.*

DER REISENDE. Geht, oder – –

MARTIN KRUMM *bei Seite.* Der Geier! nun mag ich sehen, wo der Zimmermann das Loch gelassen hat. – – Es ist schon gut; es ist schon gut! Ich sehs, Sie sind zu meinem Unglücke hieher gekommen. Aber, hol mich alle Teufel, ich bin ein ehrlicher Kerl! und den will ich sehn, der mir etwas Schlimmes nachreden kann. Merken Sie sich das! Es mag kommen zu was es will, so kann ich es beschwören, daß ich den Bart zu nichts Bösem gebraucht habe. – *Geht ab.*

Siebzehnter Auftritt

DER REISENDE. Der Mensch bringt mich selbst auf einen Argwohn, der ihm höchst nachteilig ist. – – Könnte er nicht einer von den verkappten Räubern gewesen sein? – Doch ich will in meiner Vermutung behutsam gehen.

Achtzehnter Auftritt

Der Baron. Der Reisende.

DER REISENDE. Sollten Sie nicht glauben, ich wäre gestern mit den jüdischen Straßenräubern ins Handgemenge gekommen, daß ich einem davon den Bart ausgerissen hätte? *Er zeigt ihm den Bart.*

DER BARON. Wie verstehn Sie das, mein Herr? – – Allein, warum haben Sie mich so geschwind im Garten verlassen?

DER REISENDE. Verzeihen Sie meine Unhöflichkeit. Ich wollte gleich wieder bei Ihnen sein. Ich ging nur meine Dose zu suchen, die ich hier herum muß verloren haben.

DER BARON. Das ist mir höchst empfindlich. Sie sollten noch bei mir zu Schaden kommen?

DER REISENDE. Der Schade würde so groß nicht sein – – Allein betrachten Sie doch einmal diesen ansehnlichen Bart!

DER BARON. Sie haben mir ihn schon einmal gezeigt. Warum?

DER REISENDE. Ich will mich Ihnen deutlicher erklären. Ich glaube – – Doch nein, ich will meine Vermutungen zurückhalten. – –

DER BARON. Ihre Vermutungen? Erklären Sie sich!

DER REISENDE. Nein; ich habe mich übereilt. Ich könnte mich irren – –

DER BARON. Sie machen mich unruhig.

DER REISENDE. Was halten Sie von Ihrem Vogt?

DER BARON. Nein, nein; wir wollen das Gespräch auf nichts anders lenken – – Ich beschwöre Sie bei der Wohltat, die Sie mir erzeigt haben, entdecken Sie mir, was Sie glauben, was Sie vermuten, worinne Sie sich könnten geirrt haben!

DER REISENDE. Nur die Beantwortung meiner Frage kann mich antreiben, es Ihnen zu entdecken.

DER BARON. Was ich von meinem Vogte halte? – – Ich halte ihn für einen ganz ehrlichen und rechtschaffnen Mann.

DER REISENDE. Vergessen Sie also, daß ich etwas habe sagen wollen.

DER BARON. Ein Bart, – Vermutungen, – der Vogt, – wie soll ich diese Dinge verbinden? – Vermögen meine Bitten nichts bei Ihnen? – Sie könnten sich geirrt haben? Gesetzt, Sie haben sich geirrt; was können Sie bei einem Freunde für Gefahr laufen?

DER REISENDE. Sie dringen zu stark in mich. Ich sage Ihnen also, daß der Vogt diesen Bart aus Unvorsichtigkeit hat fallen lassen; daß er noch einen hatte, den er aber in der Geschwindigkeit wieder zu sich steckte; daß seine Reden einen Menschen verrieten, welcher glaubt, man denke von ihm eben so viel Übels, als er tut; daß ich ihn auch sonst über einem nicht allzugewissenhaften – – wenigstens nicht allzuklugen Griffe, ertappt habe.

DER BARON. Es ist als ob mir die Augen auf einmal aufgingen. Ich besorge, – Sie werden sich nicht geirrt haben. Und Sie trugen Bedenken, mir so etwas zu entdecken? – Den Augenblick will ich gehn, und alles anwenden, hinter die Wahrheit zu kommen. Sollte ich meinen Mörder in meinem eignen Hause haben?

DER REISENDE. Doch zürnen Sie nicht auf mich, wenn Sie, zum Glücke, meine Vermutungen falsch befinden sollten. Sie haben mir sie ausgepreßt, sonst würde ich sie gewiß verschwiegen haben.

DER BARON. Ich mag sie wahr oder falsch befinden, ich werde Ihnen allzeit dafür danken.

Neunzehnter Auftritt

Der Reisende und hernach Christoph.

DER REISENDE. Wo er nur nicht zu hastig mit ihm verfährt! Denn so groß auch der Verdacht ist, so könnte der Mann doch wohl noch unschuldig sein. – Ich bin ganz verlegen. – – In der Tat ist es nichts Geringes, einem Herrn seine Untergebnen so verdächtig zu machen. Wenn er sie auch unschuldig befindet, so verliert er doch auf immer das Vertrauen zu ihnen. – Gewiß, wenn ich es recht bedenke, ich hätte schweigen sollen – Wird man nicht Eigennutz und Rache für die Ursachen meines Argwohns halten, wenn man erfährt, daß ich ihm meinen Verlust zugeschrieben habe? – Ich wollte ein vieles darum schuldig sein, wenn ich die Untersuchung noch hintertreiben könnte –

CHRISTOPH *kömmt gelacht.* Ha! ha! ha! wissen Sie, wer Sie sind, mein Herr?

DER REISENDE. Wißt Ihr, daß Ihr ein Narr seid? Was fragt Ihr?

CHRISTOPH. Gut! wenn Sie es denn nicht wissen, so will ich es Ihnen sagen. Sie sind einer von Adel. Sie kommen aus Holland. Allda haben Sie Verdrüßlichkeiten und ein Duell gehabt. Sie sind so glücklich gewesen, einen jungen Naseweis zu erstechen. Die Freunde des Entleibten haben Sie heftig verfolgt. Sie haben sich auf die Flucht begeben. Und ich habe die Ehre, Sie auf der Flucht zu begleiten.

DER REISENDE. Träumt Ihr, oder raset Ihr?

CHRISTOPH. Keines von beiden. Denn für einen Rasenden wäre meine Rede zu klug, und für einen Träumenden zu toll.

DER REISENDE. Wer hat Euch solch unsinniges Zeug weis gemacht?

CHRISTOPH. O dafür ist gebeten, daß man mirs weis macht. Allein finden Sie es nicht recht wohl ausgesonnen? In der kurzen Zeit, die man mir zum Lügen ließ, hätte ich gewiß auf nichts Bessers fallen können. So sind Sie doch wenigstens vor weitrer Neugierigkeit sicher!

DER REISENDE. Was soll ich mir aber aus alle dem nehmen?

CHRISTOPH. Nichts mehr, als was Ihnen gefällt; das übrige lassen Sie mir. Hören Sie nur, wie es zuging. Man fragte mich nach Ihrem Namen, Stande, Vaterlande, Verrichtungen; ich ließ mich nicht lange bitten, ich sagte alles, was ich davon wußte; das ist: ich sagte, ich wüßte nichts. Sie können leicht glauben, daß diese Nachricht sehr unzulänglich war, und daß man wenig Ursache hatte, damit zufrieden zu sein. Man drang also weiter in mich; allein umsonst! Ich blieb verschwiegen, weil ich nichts zu verschweigen hatte. Doch endlich brachte mich ein Geschenk, welches man mir anbot, dahin, daß ich mehr sagte, als ich wußte; das ist: ich log.

DER REISENDE. Schurke! ich befinde mich, wie ich sehe, bei Euch in feinen Händen.

CHRISTOPH. Ich will doch nimmermehr glauben, daß ich von ohngefähr die Wahrheit sollte gelogen haben?

DER REISENDE. Unverschämter Lügner, Ihr habt mich in eine Verwirrung gesetzt, aus der – –

CHRISTOPH. Aus der Sie sich gleich helfen können, sobald Sie das schöne Beiwort, das Sie mir jetzt zu geben beliebten, bekannter machen.

DER REISENDE. Werde ich aber alsdenn nicht genötiget sein, mich zu entdecken?

CHRISTOPH. Desto besser! so lerne ich Sie bei Gelegenheit auch kennen. – Allein, urteilen Sie einmal selbst, ob ich mir wohl, mit gutem Gewissen, dieser Lügen wegen ein Gewissen machen konnte? *Er zieht die Dose heraus.* Betrachten Sie diese Dose! Hätte ich sie leichter verdienen können?

DER REISENDE. Zeigt mir sie doch! – *Er nimmt sie in die Hand.* Was seh ich?

CHRISTOPH. Ha! ha! ha! Das dachte ich, daß Sie erstaunen würden. Nicht wahr, Sie lögen selber ein Gesetzchen, wenn Sie so eine Dose verdienen könnten.

DER REISENDE. Und also habt Ihr mir sie entwendet?

CHRISTOPH. Wie? was?

DER REISENDE. Eure Treulosigkeit ärgert mich nicht so sehr, als der übereilte Verdacht, den ich deswegen einem ehrlichen Mann zugezogen habe. Und Ihr könnt noch so rasend frech sein, mich überreden zu wollen, sie wäre ein, – – obgleich beinahe eben so schimpflich erlangtes, – Geschenk? Geht! kommt mir nicht wieder vor die Augen!

CHRISTOPH. Träumen Sie, oder – – aus Respekt will ich das andre noch verschweigen. Der Neid bringt Sie doch nicht auf solche Ausschweifungen? Die Dose soll Ihre sein? Ich soll sie Ihnen, salva venia, gestohlen haben? Wenn das wäre; ich müßte ein dummer Teufel sein, daß ich gegen Sie selbst damit prahlen sollte. – Gut, da kömmt Lisette! Hurtig komm Sie! Helf Sie mir doch meinen Herrn wieder zu Rechte bringen.

Zwanzigster Auftritt

Lisette. Der Reisende. Christoph.

LISETTE. O mein Herr, was stiften Sie bei uns für Unruhe! Was hat Ihnen denn unser Vogt getan? Sie haben den Herrn ganz rasend auf ihn gemacht. Man redt von Bärten, von Dosen, von Plündern; der Vogt weint und flucht, daß er unschuldig wäre, daß Sie die Unwahrheit redten. Der Herr ist nicht zu besänftigen, und jetzt hat er so gar nach dem Schulzen und den Gerichten geschickt, ihn schließen zu lassen. Was soll denn das alles heißen?

CHRISTOPH. O! das ist alles noch nichts, hör Sie nur, hör Sie, was er jetzt gar mit mir vor hat – –

DER REISENDE. Ja freilich, meine liebe Lisette, ich habe mich übereilt. Der Vogt ist unschuldig. Nur mein gottloser Bedienter hat mich in diese Verdrüßlichkeiten gestürzt. Er ists, der mir meine Dose entwandt hat, derenwegen ich den Vogt im Verdacht hatte; und der Bart kann allerdings ein Kinderspiel gewesen sein, wie er sagte. Ich geh, ich will ihm Genugtuung geben, ich will meinen Irrtum gestehn, ich will ihm, was er nur verlangen kann – –

CHRISTOPH. Nein, nein, bleiben Sie! Sie müssen mir erst Genugtuung geben. Zum Henker, so rede Sie doch, Lisette, und sage Sie, wie die Sache ist. Ich wollte, daß Sie mit Ihrer Dose am Galgen wäre! Soll ich mich deswegen zum Diebe machen lassen? Hat Sie mir sie nicht geschenkt?

LISETTE. Ja freilich! und sie soll Ihm auch geschenkt bleiben.

DER REISENDE. So ist es doch wahr? Die Dose gehört aber mir.

LISETTE. Ihnen? das habe ich nicht gewußt.

DER REISENDE. Und also hat sie wohl Lisette gefunden? und meine Unachtsamkeit ist an allen den Verwirrungen Schuld? *Zu Christophen.* Ich habe Euch auch zu viel getan! Verzeiht mir! Ich muß mich schämen, daß ich mich so übereilen können.

LISETTE *bei Seite.* Der Geier! nun werde ich bald klug. O! er wird sich nicht übereilt haben.

DER REISENDE. Kommt, wir wollen – –

Ein und zwanzigster Auftritt

Der Baron. Der Reisende. Lisette. Christoph.

DER BARON *kömmt hastig herzu.* Den Augenblick, Lisette, stelle dem Herrn seine Dose wieder zu! Es ist alles offenbar; er hat alles gestanden. Und du hast dich nicht geschämt, von so einem Menschen Geschenke anzunehmen? Nun? wo ist die Dose?

DER REISENDE. Es ist also doch wahr? – –

LISETTE. Der Herr hat sie lange wieder. Ich habe geglaubt, von wem Sie Dienste annehmen können, von dem könne ich auch Geschenke annehmen. Ich habe ihn so wenig gekannt, wie Sie.

CHRISTOPH. Also ist mein Geschenk zum Teufel? Wie gewonnen, so zerronnen!

DER BARON. Wie aber soll ich, teuerster Freund, mich gegen Sie erkenntlich erzeigen? Sie reißen mich zum zweitenmal aus einer gleich großen Gefahr. Ich bin Ihnen mein Leben schuldig. Nimmermehr würde ich, ohne Sie, mein so nahes Unglück entdeckt haben. Der Schulze, ein Mann, den ich für den ehrlichsten auf allen meinen Gütern hielt, ist sein gottloser Gehülfe gewesen. Bedenken Sie also, ob ich jemals dies hätte vermuten können? Wären Sie heute von mir gereiset – –

DER REISENDE. Es ist wahr – – so wäre die Hülfe, die ich Ihnen gestern zu erweisen glaubte, sehr unvollkommen geblieben. Ich schätze mich also höchst glücklich, daß mich der Himmel zu dieser unvermuteten Entdeckung ausersehen hat; und ich freue mich jetzt so sehr, als ich vorher aus Furcht zu irren, zitterte.

DER BARON. Ich bewundre Ihre Menschenliebe, wie Ihre Großmut. O möchte es wahr sein, was mir Lisette berichtet hat!

Zwei und zwanzigster Auftritt

Das Fräulein und die Vorigen.

LISETTE. Nun, warum sollte es nicht wahr sein?

DER BARON. Komm, meine Tochter, komm! Verbinde deine Bitte mit der meinigen: ersuche meinen Erretter, deine Hand, und mit deiner Hand mein Vermögen anzunehmen. Was kann ihm meine Dankbarkeit Kostbarers schenken, als dich, die ich eben so sehr liebe, als ihn? Wundern Sie sich nur nicht, wie ich Ihnen so einen Antrag tun könne. Ihr Bedienter hat uns entdeckt, wer Sie sind. Gönnen Sie mir das unschätzbare Vergnügen, erkenntlich zu sein! Mein Vermögen ist meinem Stande, und dieser dem Ihrigen gleich. Hier sind Sie vor Ihren Feinden sicher, und kommen unter Freunde, die Sie anbeten werden. Allein Sie werden niedergeschlagen? Was soll ich denken?

DAS FRÄULEIN. Sind Sie etwa meinetwegen in Sorgen? Ich versichere Sie, ich werde dem Papa mit Vergnügen gehorchen.

DER REISENDE. Ihre Großmut setzt mich in Erstaunen. Aus der Größe der Vergeltung, die Sie mir anbieten, erkenne ich erst, wie klein meine Wohltat ist. Allein, was soll ich Ihnen antworten? Mein Bedienter hat die Unwahrheit geredt, und ich –

DER BARON. Wollte der Himmel, daß Sie das nicht einmal wären, wofür er Sie ausgibt! Wollte der Himmel, Ihr Stand wäre geringer, als der meinige! So würde doch meine Vergeltung etwas kostbarer, und Sie würden vielleicht weniger ungeneigt sein, meine Bitte Statt finden zu lassen.

DER REISENDE *bei Seite*. Warum entdecke ich mich auch nicht? – Mein Herr, Ihre Edelmütigkeit durchdringet meine ganze Seele. Allein schreiben Sie es dem Schicksale, nicht mir zu, daß Ihr Anerbieten vergebens ist. Ich bin – –

DER BARON. Vielleicht schon verheiratet?

DER REISENDE. Nein – –

DER BARON. Nun? was?

DER REISENDE. Ich bin ein Jude.

DER BARON. Ein Jude? grausamer Zufall!

CHRISTOPH. Ein Jude?

LISETTE. Ein Jude?

DAS FRÄULEIN. Ei, was tut das?

LISETTE. St! Fräulein, st! ich will es Ihnen hernach sagen, was das tut.

DER BARON. So gibt es denn Fälle, wo uns der Himmel selbst verhindert, dankbar zu sein?

DER REISENDE. Sie sind es überflüssig dadurch, daß Sie es sein wollen.

DER BARON. So will ich wenigstens so viel tun, als mir das Schicksal zu tun erlaubt. Nehmen Sie mein ganzes Vermögen. Ich will lieber arm und dankbar, als reich und undankbar sein.

DER REISENDE. Auch dieses Anerbieten ist bei mir umsonst, da mir der Gott meiner Väter mehr gegeben hat, als ich brauche. Zu aller Vergeltung bitte ich nichts, als daß Sie künftig von meinem Volke etwas gelinder und weniger allgemein urteilen. Ich habe mich nicht vor Ihnen verborgen, weil ich mich meiner Religion schäme. Nein! ich sahe aber, daß Sie Neigung zu mir, und Abneigung gegen meine Nation hatten. Und die Freundschaft eines Menschen, er sei wer er wolle, ist mir allezeit unschätzbar gewesen.

DER BARON. Ich schäme mich meines Verfahrens.

CHRISTOPH. Nun komm ich erst von meinem Erstaunen wieder zu mir selber. Was? Sie sind ein Jude, und haben das Herz gehabt, einen ehrlichen Christen in Ihre Dienste zu nehmen? Sie hätten mir dienen sollen. So wär es nach der Bibel recht gewesen. Potz Stern! Sie haben in mir die ganze Christenheit beleidigt – Drum habe ich nicht gewußt, warum der Herr, auf der Reise, kein Schweinfleisch essen wollte, und sonst hundert Alfanzereien machte. – Glauben Sie nur nicht, daß ich Sie länger begleiten werde! Verklagen will ich sie noch dazu.

DER REISENDE. Ich kann es Euch nicht zumuten, daß Ihr besser, als der andre christliche Pöbel, denken sollt. Ich will Euch nicht zu Gemüte führen, aus was für erbärmlichen Umständen ich Euch in

Hamburg riß. Ich will Euch auch nicht zwingen, länger bei mir zu bleiben. Doch weil ich mit Euren Diensten so ziemlich zufrieden bin, und ich Euch vorhin außerdem in einem ungegründeten Verdachte hatte, so behaltet zur Vergeltung, was diesen Verdacht verursachte. *Gibt ihm die Dose.* Euren Lohn könnt Ihr auch haben. Sodann geht, wohin Ihr wollt!

CHRISTOPH. Nein, der Henker! es gibt doch wohl auch Juden, die keine Juden sind. Sie sind ein braver Mann. Topp, ich bleibe bei Ihnen! Ein Christ hätte mir einen Fuß in die Rippen gegeben, und keine Dose!

DER BARON. Alles was ich von Ihnen sehe, entzückt mich. Kommen Sie, wir wollen Anstalt machen, daß die Schuldigen in sichere Verwahrung gebracht werden. O wie achtungswürdig wären die Juden, wenn sie alle Ihnen glichen!

DER REISENDE. Und wie liebenswürdig die Christen, wenn sie alle Ihre Eigenschaften besäßen!

Der Baron, das Fräulein und der Reisende gehen ab.

Letzter Auftritt

Lisette. Christoph.

LISETTE. Also, mein Freund, hat Er mich vorhin belogen?

CHRISTOPH. Ja, und das aus zweierlei Ursachen. Erstlich, weil ich die Wahrheit nicht wußte; und anderns, weil man für eine Dose, die man wiedergeben muß, nicht viel Wahrheit sagen kann.

LISETTE. Und wanns dazu kömmt, ist Er wohl gar auch ein Jude, so sehr Er sich verstellt?

CHRISTOPH. Das ist zu neugierig für eine Jungfer gefragt! Komm Sie mir!

Er nimmt sie untern Arm, und sie gehen ab.

Ende der Juden.

Über tredition

Eigenes Buch veröffentlichen

tredition wurde 2006 in Hamburg gegründet und hat seither mehrere tausend Buchtitel veröffentlicht. Autoren veröffentlichen in wenigen leichten Schritten gedruckte Bücher, e-Books und audio-Books. tredition hat das Ziel, die beste und fairste Veröffentlichungsmöglichkeit für Autoren zu bieten.

tredition wurde mit der Erkenntnis gegründet, dass nur etwa jedes 200. bei Verlagen eingereichte Manuskript veröffentlicht wird. Dabei hat jedes Buch seinen Markt, also seine Leser. tredition sorgt dafür, dass für jedes Buch die Leserschaft auch erreicht wird.

Im einzigartigen Literatur-Netzwerk von tredition bieten zahlreiche Literatur-Partner (das sind Lektoren, Übersetzer, Hörbuchsprecher und Illustratoren) ihre Dienstleistung an, um Manuskripte zu verbessern oder die Vielfalt zu erhöhen. Autoren vereinbaren direkt mit den Literatur-Partnern die Konditionen ihrer Zusammenarbeit und partizipieren gemeinsam am Erfolg des Buches.

Das gesamte Verlagsprogramm von tredition ist bei allen stationären Buchhandlungen und Online-Buchhändlern wie z. B. Amazon erhältlich. e-Books stehen bei den führenden Online-Portalen (z. B. iBookstore von Apple oder Kindle von Amazon) zum Verkauf.

Einfach leicht ein Buch veröffentlichen: **www.tredition.de**

Eigene Buchreihe oder eigenen Verlag gründen

Seit 2009 bietet tredition sein Verlagskonzept auch als sogenanntes "White-Label" an. Das bedeutet, dass andere Unternehmen, Institutionen und Personen risikofrei und unkompliziert selbst zum Herausgeber von Büchern und Buchreihen unter eigener Marke werden können. tredition übernimmt dabei das komplette Herstellungs- und Distributionsrisiko.

Zahlreiche Zeitschriften-, Zeitungs- und Buchverlage, Universitäten, Forschungseinrichtungen, u.v.m. nutzen diese Dienstleistung von tredition, um unter eigener Marke ohne Risiko Bücher zu verlegen.

Alle Informationen im Internet: **www.tredition.de/fuer-verlage**

tredition wurde mit mehreren Innovationspreisen ausgezeichnet, u. a. mit dem Webfuture Award und dem Innovationspreis der Buch-Digitale.

tredition ist Mitglied im Börsenverein des Deutschen Buchhandels.